故宮御貓夜遊記 19

騎着天鹿去成仙

常怡／著　小天下 南畔文化／繪

中華教育

責任編輯：劉萄諾
裝幀設計：鄧佩儀
排　　版：鄧佩儀
印　　務：劉漢舉

騎着天鹿去成仙

常怡／著　　小天下 南畔文化／繪

出版 | 中華教育
香港北角英皇道 499 號北角工業大廈 1 樓 B 室
電話：（852）2137 2338　傳真：（852）2713 8202
電子郵件：info@chunghwabook.com.hk
網址：http://www.chunghwabook.com.hk

發行 | 香港聯合書刊物流有限公司
香港新界荃灣德士古道 220-248 號 荃灣工業中心 16 樓
電話：（852）2150 2100　傳真：（852）2407 3062
電子郵件：info@suplogistics.com.hk

印刷 | 高科技印刷集團有限公司
香港葵涌和宜合道 109 號長榮工業大廈 6 樓

版次 | 2022 年 5 月第 1 版第 1 次印刷

規格 | 16 開（185mm x 230mm）

ISBN | 978-988-8807-10-9

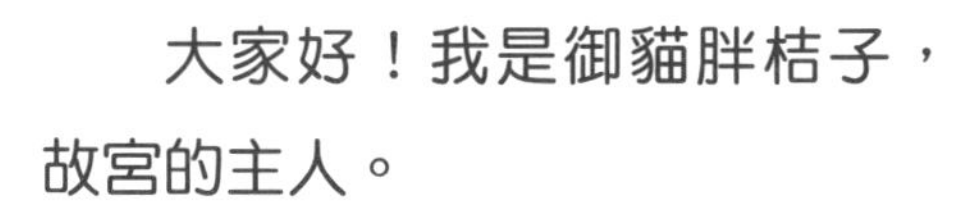

大家好！我是御貓胖桔子，故宮的主人。

在故宮裏待得久了，免不了要碰到仙人。他們總是穿着華美的衣服，駕着彩色的祥雲，一副甚麼煩惱也沒有的樣子。要是我也能成仙就好了，貓仙，聽起來挺不錯的。

不知道從哪天開始，清涼的秋風變成了呼呼的北風。冬天悄悄地來了。

天氣一冷，我就不喜歡出門了。除了中午暖和的時候會出去轉轉，其他時間，我只喜歡找個靠近暖氣的地方睡覺。

睡覺的時間長了，夢也變得多了起來。這段時間不知道怎麼回事，我經常會做關於神仙的夢。在夢裏，我會和神仙們去無比美麗的仙境遊玩。有的夢裏，連我自己都變成了神仙。

故宮裏的神仙很多。除了雨花閣、梵華樓、奉先殿、傳心殿、英華殿、城隍廟……這些多得數不清的佛堂、神殿裏供奉的神仙外，不少宮殿還有自己的殿神。

所以碰到神仙，對於我們這些喜歡晚上四處遊蕩的御貓來說，是經常發生的事情。

故宮裏我最羨慕的就是神仙。當神仙多好啊！可以長生不老，永遠不會死。而且甚麼煩心的事情都沒有。他們自由自在，想去哪兒就去哪兒。想上天，就揮手招來彩雲，駕着祥雲飛上天空；想入海，就揮手招來大魚，騎着牠們去看看龍宮的樣子。

最讓人羨慕的，是他們還會法術。肚子餓了，只要甩甩袖子，就會有一大桌子的美食。比如，故宮裏的神仙們，經常在積翠山的山頂、雨花閣的樓頂上喝酒賞月，酒和飯菜的香味飄得很遠。

我曾親眼看到，英華殿的九蓮菩薩乘着荷花形狀的雲彩飄然而去；也見到過紫陽真人變出滿滿一桌的美酒和美食，還有仙女為他唱歌。

要是我也能成為神仙，該有多好啊！夢做得多了，這種想法越來越強烈。

怎麼能變成神仙呢？我決定去問問故宮裏最老的御貓花婆婆。

「喵嗚，你想成仙？」花婆婆瞇縫着眼睛上下打量着我。

「是呀，喵。」我連連點頭。

「一隻貓居然也想當神仙，你也太狂妄了。」

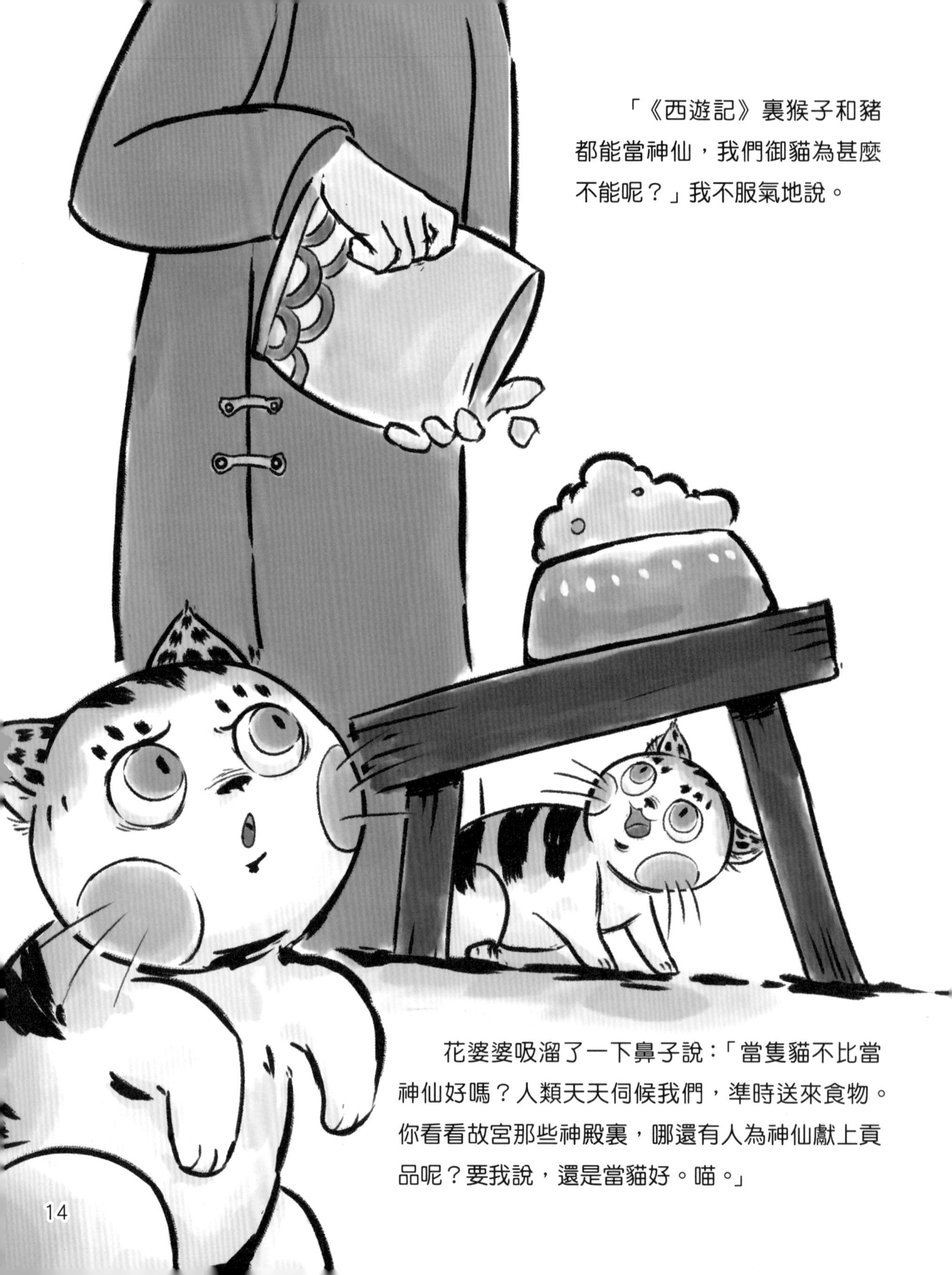

「《西遊記》裏猴子和豬都能當神仙，我們御貓為甚麼不能呢？」我不服氣地說。

花婆婆吸溜了一下鼻子說：「當隻貓不比當神仙好嗎？人類天天伺候我們，準時送來食物。你看看故宮那些神殿裏，哪還有人為神仙獻上貢品呢？要我說，還是當貓好。喵。」

「可是，當上神仙就可以長生不老，不是嗎？還可以住進漂亮的仙境裏。並且就算人類不送來食物，神仙們自己也能變出來。我看還是當神仙更好。」

「真是隻不知道好歹的貓！」

「花婆婆，您知道怎麼能成仙嗎？」我着急地問。

「我活了這麼久，聽說過狐狸成仙、蛇成仙、黃鼠狼成仙……就沒聽說過貓能成仙呢。」花婆婆搖了搖頭。

「喵，我不信，難道從來就沒有出過貓仙嗎？」

「成仙可不是容易的事情。聽說，狐狸想成為狐仙，至少要修煉五百年。這五百年裏，不能吃肉，不能做壞事；每天還要吸收天地靈氣、日月精華，是非常、非常辛苦的事情。我們貓族這麼高貴的動物，才不願意受那份罪呢。喵。」

我吃了一驚：「五百年？時間也太長了。難道就沒有甚麼簡單的方法嗎?」

「簡單的方法？」花婆婆嘿嘿一笑說，「我還真聽說過一個成仙的方法，用不着費那麼大的力氣。」

「甚麼方法呢？」我的眼睛睜得老大。

「我的奶奶曾經給我講過一個古老的故事。喵。」花婆婆慢悠悠地說，「故事裏說，曾經有一個道士騎着天鹿升仙……」

「天鹿？儲秀宮院子裏的銅鹿，不就是天鹿嗎？喵。」我高興得跳了起來。

花婆婆點點頭：「鹿為純淨、善良的神獸，人類相信他能帶來吉祥和長壽。鹿長到一千歲，全身的皮毛會變得雪白，成為天鹿。儲秀宮的天鹿至少有一千歲了。」

「喵，謝謝您！花婆婆。」

我扭頭就朝着儲秀宮跑去。

「等……」花婆婆還想說甚麼，但是我已經跑得沒影兒了。

這是一個沒有月亮，也沒有星星的晚上，儲秀宮的院子裏漆黑一片。但這可難不倒我，我們貓族的夜間視力在動物中可是數一數二的。

我跳到天鹿身邊，他正在閉目養神。

「喂，喂，天鹿，晚上好。喵。」我跟他打招呼。

天鹿慢慢地睜開眼睛：「是胖桔子呀。」

「喵，有一件事情，想請你幫忙呢！」

「甚麼事情啊？」

我有點兒不好意思地說：「也不是甚麼大事兒……就是，我想成為貓仙，你能不能幫我成仙呢？喵。」

「貓仙？」天鹿大吃一驚，「你想成仙？」

「是呀，是呀。」我不停地點頭，「聽說，你能幫人升仙，那幫一隻貓應該更容易吧？」

天鹿笑了：「幫你升仙的確不難……」

「太好了！喵。」我的眼睛閃着亮光，哈哈，我就要成為貓仙了！

「但是……」天鹿接着說，「等你修煉五百年後再來找我吧。」

我驚得從石座上跌落下來，
不解地問：「喵，為甚麼？」

「我的確是人類升仙時的坐騎，但那些都是得道之人。我就像人類的計程車，只負責將要成為仙人的人運送到仙界而已。我並沒有甚麼本領，能讓人一步升仙。」天鹿回答。

「難道就沒有甚麼方法，能讓我不努力就成為貓仙嗎？喵。」我不甘心地問。

天鹿搖搖頭說：「不想努力的話，甚麼事情都幹不成，何況升仙呢？」

胖桔子的故宮小百科

最有靈性的神獸

天鹿

在古人眼中，我是表現君主明政、仁德的瑞獸。我高高的犄角，展現出一種麗人般的氣質；我眼神柔順，嘴脣微張，駐足靜立的時候，又予人馴服、祥和的感覺。

我和另一隻天鹿是在光緒十年，即慈禧五十大壽時鑄造而成的。當年慈禧命人將我們放在儲秀宮前，想必是希望君主開明治國、國家繁榮祥和吧！

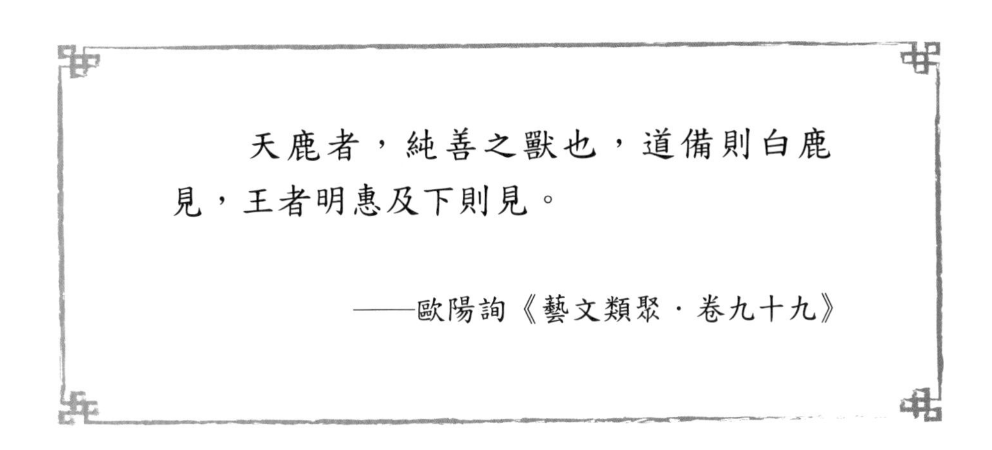
天鹿者，純善之獸也，道備則白鹿見，王者明惠及下則見。

——歐陽詢《藝文類聚·卷九十九》

語譯

天鹿，是純淨、善良的神獸。禮制完備，白鹿就會出現；當君主的恩惠廣施人民，白鹿亦會出現。

滴水 讓流水變慢

古建築屋頂有排水的溝壑，每當下雨時，雨水順溝而下，最下面的一塊瓦板叫作滴水。滴水和普通瓦板不同，牠前端帶三角形的瓦片，可以減緩雨水的流動，幫助雨水滑至檐外，不會浸到檐下的木料。

瓦當 「不要小看我！」

每座宮殿的屋檐上都有上百塊瓦當，是覆蓋檐頭筒瓦前端的遮擋物。瓦當看起來像個裝飾物，實際上牠們是非常實用的建築構件，主要用於遮蔽檐頭、防止瓦片下滑。

瓦當一般為圓形，古人多以動物、植物等圖案裝飾瓦當的表面，有些還配有文字。故此，瓦當也被視為研究圖案、文字和建築構件的重要文物。

（見第 1 頁）

胖桔子和天鹿的故宮專屬地圖

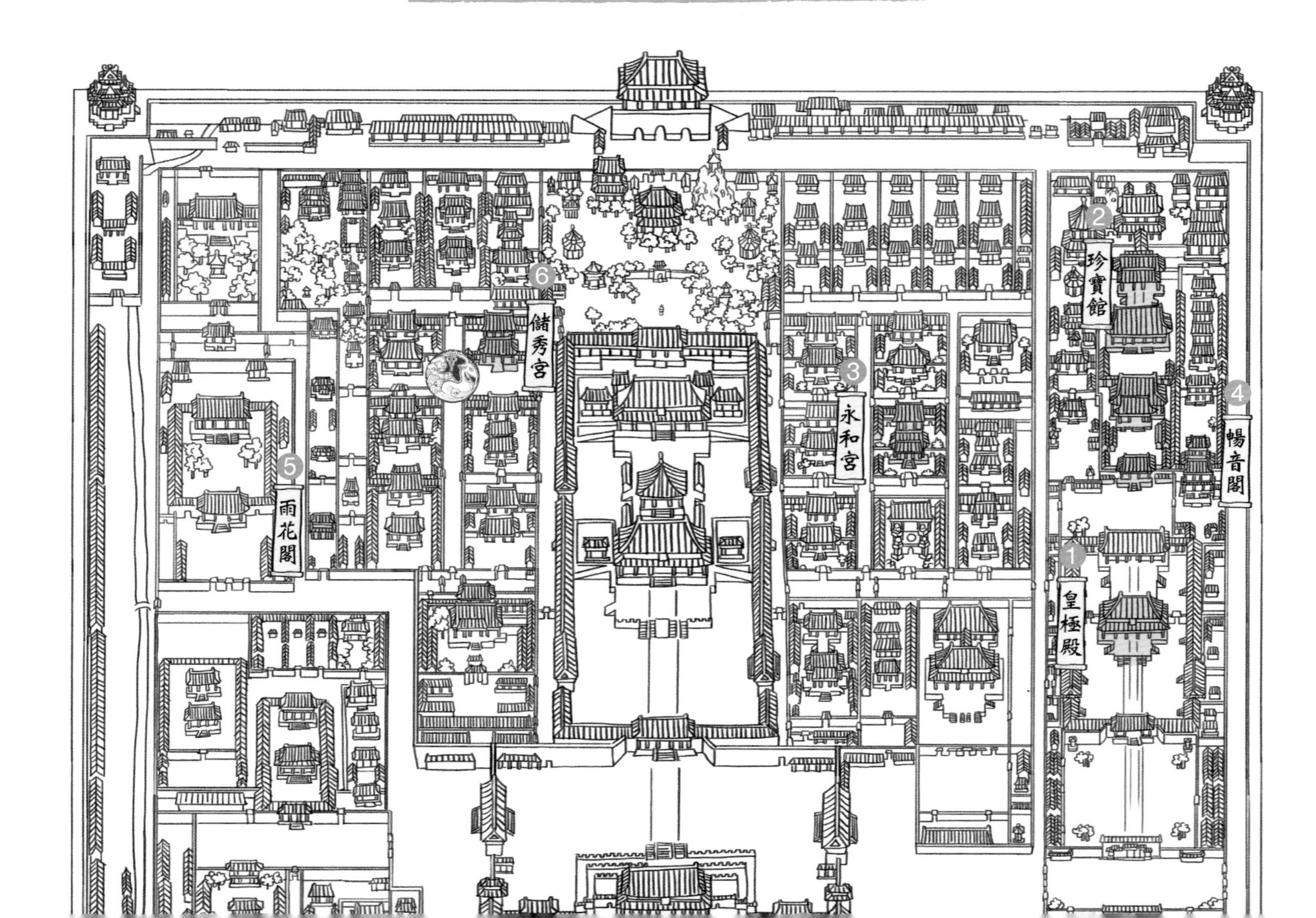

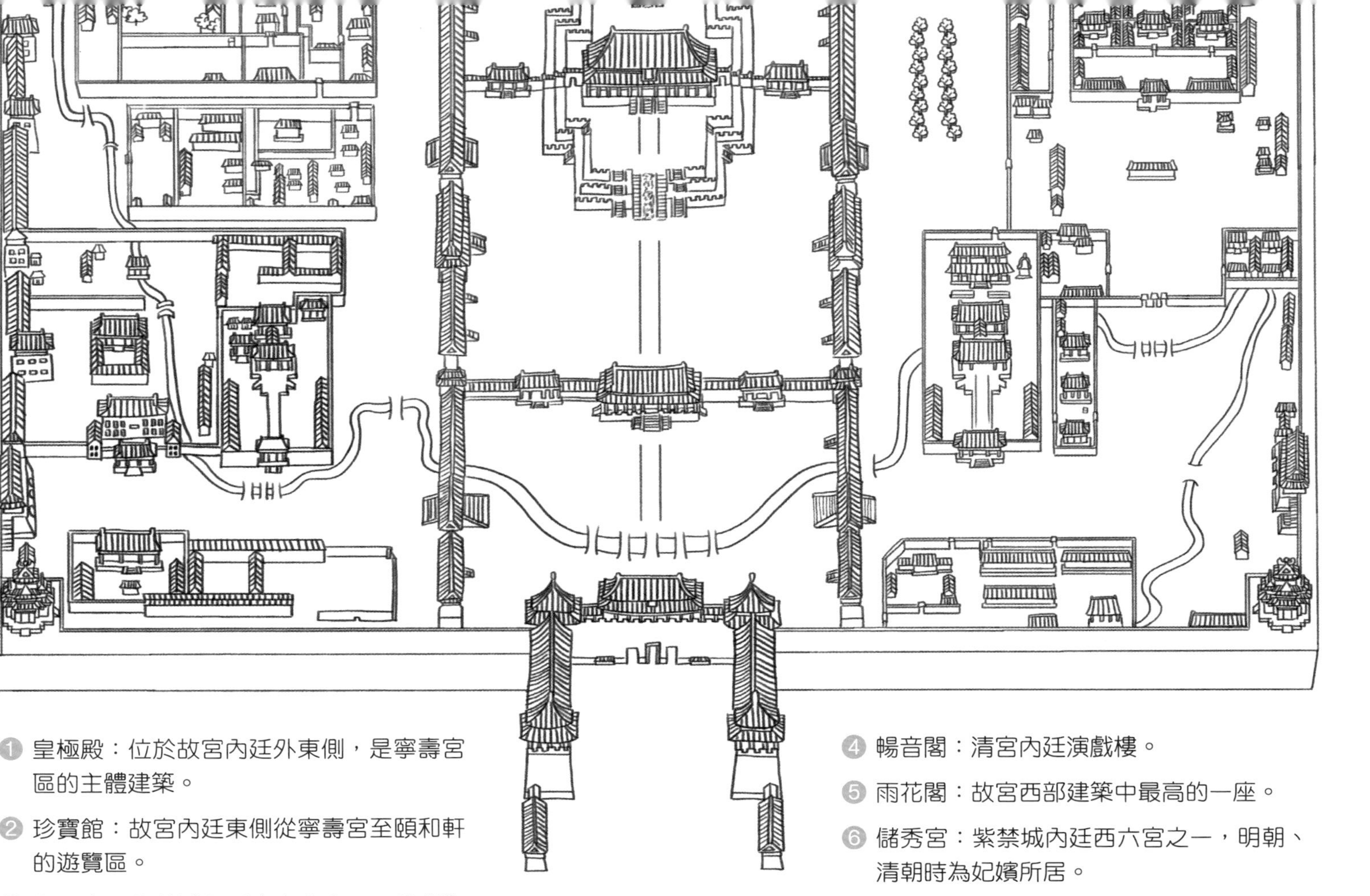

❶ 皇極殿：位於故宮內廷外東側，是寧壽宮區的主體建築。

❷ 珍寶館：故宮內廷東側從寧壽宮至頤和軒的遊覽區。

❸ 永和宮：紫禁城內廷東六宮之一，明朝為妃嬪所居，清朝為后妃所居。

❹ 暢音閣：清宮內廷演戲樓。

❺ 雨花閣：故宮西部建築中最高的一座。

❻ 儲秀宮：紫禁城內廷西六宮之一，明朝、清朝時為妃嬪所居。

作者的話

常　怡

天鹿是人升仙時才能乘的坐騎，這可不是我的創意，漢朝時人們就已經這麼想了。古人認為，天鹿的壽命可達兩千年以上，是長壽仙獸，也是壽星的坐騎。

鹿很早之前就被視為神物。在商朝，鹿骨就已經用作占卜，殷墟還發現了鹿角刻辭。東周時期，楚墓中經常使用鳥獸神怪造型的木雕鎮墓，牠們的頭上都裝着真實的鹿角。

儲秀宮裏有一對天鹿，造型極美，牠們身上不知道承載了多少皇帝長壽、成仙的美夢。

繪者的話

北京小天下時代文化有限責任公司

花婆婆說：「鹿為純淨、善良的神獸，人類相信他能帶來吉祥和長壽。鹿長到一千歲，全身的皮毛會變得雪白，成為天鹿。」所以，天鹿的形象應該是十分純潔的。我們在畫天鹿的時候，選擇用純淨的白色作為牠的主色，用天鹿圓潤幼嫩的角、肉粉色的腿，還有身上的美麗祥雲紋飾等元素增強天鹿純淨、善良的氣質。同時，凡是有天鹿出現的地方，我們都會再多畫一些背景，比如紅牆、綠樹，一方面是為了襯托天鹿的形象，另一方面也是讓畫面看起來更飽滿、更漂亮。

這個故事裏，御貓胖桔子想毫不費力就乘坐天鹿成仙，結果被天鹿無情地拒絕，是不是很好笑？事情就是這樣，凡事需要不懈努力才能取得成功。不勞而獲這種美事，連童話都不敢這麼寫，因為這樣的事情是不存在的。

嘲風
朝天吼
螭
麒麟
玄鶴

吻獸
角端
霸下
天鹿
椒圖